물 위에 뜬 판화

물 위에 뜬 판화

김정희 시조선집

Selected Sijo of Kim Jung Hee

 동학사

등명 燈明

눈 뜨면 거기 있고
눈 감아도 보이는 것
어디에도 있는 길을
어디에도 없는 길을

길 위에
길 찾으라고
길을 밝혀 주느니

2015년 가을
김정희

물 위에 뜬 판화 김정희 시조선집

1

2

3

4

5

1

태산목泰山木 그늘 아래

살아 한恨 되는 숨결
소심素心의 옷깃 여미고

한 하늘 우러르며
푸르름에 젖는데

멀리서
우짖는 낮 꿩
봄이 지는 조종弔鐘 소리

나래깃 펴는 옛 생각
강물에 띄웠건만

산다는 건 한의 쌓임
뭉클한 앙가슴에

사랑은
못 탄 잿더미
연기 같은 나날들

근황近況

푸른 병풍 드리우고
금모래 쪽빛 강물 에워싼…

짙푸른 마음밭에
신선되어 가꾸는 꽃

선경仙境에 빛나는 햇살
어루만지며 사느니

꾀꼴새 목청 뽑고
비둘기 노니는 곳

꽃보라 눈부셔라
화조花鳥들의 보금자리

저절로 더불은 삶이
꿈을 심네 꽃 속에

침선針線

스란치마 고이 접어 수繡틀 꽃밭 노닐면
비단실 올올마다 꽃잎을 열고 나와
황홀히 깃 치는 꿈길 굽은 가지 학鶴이 날고

꽃가마 고갯길은 굽이치는 눈보라
밤 도와 설움 접는 각시솔* 시린 손길엔
보랏빛 아미蛾眉의 구름 그림자도 짙어라

사랑의 외진 길을 곱누비며 지친 날은
한 올 깊은 뜻을 눈금으로 새기고
바늘 끝 아린 손길이 나래옷을 깁는다

---

* 안으로 접어 깁는 바느질의 이름

13

홍단풍 앞에서

타고 난
더운 피를
피 뱉 듯 받아 들고

온 세상
푸르름에
징을 울리는 叛亂

광대야
서러운 탈춤
열두 마당 풍악 소리

사모思慕

긴 세월 잊지 못할 이름 하나 때문에

우주는 모두가 당신의 것이었습니다

만상萬象에 닿아 비춰진 그대 다만 영원일 뿐

백목련 질 때

원죄原罪로 어룬 업연業緣
찬 서리에 핀다 해도

회심回心하는 바람이
여울에 물팽이치면

인연의 매듭이 지듯 뚝 뚝 떨어지는 꽃잎

못다한 호곡인 양
처철한 외침 있어

이지러진 꿈 언저리
기약 없는 만남이여

소복素服의 옷깃 여미고 천 길 벼랑에 서다

원정園丁

아련한 하늘과 땅, 별 떨기 섬섬한 들녘
비, 구름 햇살 펴는 무량한 은총 있어
오색五色의 아롱진 목숨
뜨거운 삶의 노래여

눈 뜨고 귀 기울이면 저마다의 고운 외침
고요론 현絃의 울림, 계절의 발자국 소리에
늘 푸른 꿈 동산에서
횃불 밝힌 꽃덤불

뿌린 씨의 무게로 거두는 소박한 심성
꺾꽂아 목숨 잇고 우성優性이룬 접목接木은
내일을 가꾸는 보람
벅찬 기쁨 솟아라

흙 속에 사는 보람 외람한 귀거래사歸去來辭
섭리를 다스리는 땀방울 진주眞珠로 맺혀
그대여 당신 내역內域에
상하常夏의 꽃을 바치리

17

화도 花禱 1

빛으로 왔다 간다
초록 바다 노를 저어

그 사랑 전한 눈빛
저 누리 곱게 씻고

한 하늘 고여 넘치는
향기 짙은 잔치여

불티 하르르 날 듯
시름은 사위어 가고

짐짓 환히 열리는
자수정 맑은 어룽 ―

뉘 모를 속 눈물샘을
간직했던 탓이려니

밟히는 풀 한 포기
그 아픔이 어떠한지

뼈마디 못을 치는
뒷산 뻐꾸기 울음

천 길을 다지는 소리
귀를 모아 듣는다

뻐꾸기 꾀꼬리가
제 노래에 업業을 삼듯

스스로의 신열로
몸짓하는 더운 말씀

그 노래 중천을 가르며
연분홍 이내가 인다

화도花禱 2

한 번
눈을 뜨면
이대도록
밝은 세상

봄은
가지마다
소명召命의
등을 달고

다시금
살아 숨쉬는
은혜로운
후광後光에

화도 花禱 4

띄울 길 없는 엽신葉信을 적어 모은 낙서落書들
긴 두루마리 펴듯 황망히 펼쳐 보면
하많은 부끄러운 속엣말
물 오르는 열기여

쉰 길 깊은 물속에 두레박 드리우고
동아줄을 당겨도 넉넉한 이 수량水量을
골 깊은 염원의 눈시울
마를 날이 없어라

화도花禱 5

연초록
빛둘레를
멍석이듯 깔고 앉아

높가지
둥지 틀어
부싯돌을 긋는다

목숨은
찬란한 불빛
원을 두고 켜는 등燈

화도花禱 6

불길이
인다
불길이 솟는다

초가 삼간
태우고도
남을 불숭어리

노을도 비껴 타거라
성스런 화염 앞에

산여울·물여울

스스로 몸을 던져
있음을 밝혀 본다
계곡을 울리는 선율 깨우치는 물무늬여
내 한생 적시는 물보라
나도 없고 너도 없다

하늘도 땅도 잠겨
바람결도 잊었는데
밤빗소리 귀를 열 듯 도란대는 또 한 말씀…
초롱한 생각을 밝혀
잠든 산을 깨운다

겨울 비가悲歌 1

부엉이 울음 삼키고
강 건너 산이 울고 있다

찬 하늘 양볼 적시는
아닌 밤중 소나기

이승의 강나루에는
밀물만이 넘친다

너는 가도 나는 못 건너는 강
절지絶地의 언덕에 서면

하늘 찌르는 피의 부름 소리
해는 날마다 죽고

살 속에 성에가 스며
저승의 소릴 듣는다

겨울 비가悲歌 2

그 간절했던 초혼 잿빛 하늘 물 드릴 때
너는 내 가슴의 빙화氷花, 영원히 젊은 석상石像
앙상히 얼어붙은 폐원에 멍든 바위 금이 가네

일만 섬 회오리바람 꺾어 놓은 한 가지枝
살갗을 베고 난도질하는 회초리가 될 줄이야…
빈 벼랑 낭떠러지엔 맴을 도는 하늘 땅

때 묻은 평복을 벗듯 영혼의 옷을 벗어
울음으로 메꾸는 너의 몸 비운 자리
바람에 한 줌의 재가 소용돌이 치누나

무학산 진달래

— 다시 맞은 4.19날에

합포만 물들이고 비명에 간 갈매기

무학산 치마폭에 더운 눈물을 닦아

피무늬 곱게 얼룩진 진달래꽃 피었다

꽃샘에 눈 먼 바람 흙먼지를 일으킬 때

더 갈 수 없던 가파른 벼랑에서

횃불을 높이 들었던, 그 날 그 젊은 함성

설한을 겪은 산은 아무 일도 없는 듯이

연초록 비단 필을 산자락에 두르고

가슴에 빛나는 훈장 진달래꽃 붉었다

겨울 내원사

바위 같은 적막을 깨뜨리는 물소리. 반야교를 흔들며 법
문을 설하는데, 인적도 없는 법당 앞 산다화만 갸우뚱 붉은
얼굴 내밀고

신라의 노을빛을 몸에 두른 삼층탑. 이 땅에 뿌리내려 천
년을 더 살고 지고, 종소리 듣고 살아온 내력 몸짓으로 말
한다

산길, 도라지꽃

내 아버님 밟으시던 충청도 첩첩 산길

산이 산을 업고 반가이 마중 나오고

먼발치 구름도 모여 이마에 맞대이네

인삼골 깊은 골에 숨어 핀 도라지꽃

흰 옷깃 조선祖先의 향이 골에 자욱히 어렸는데

동학東學의 추운 살붙이 볼부비며 살고녀

새 소리

초록빛 음표들이
햇살을 물어 나른다

푸른 숲 산과 들에
메아리치던 노래

불다 간 바람이듯이
귓가에 머무는데

수의壽衣를 갈아입고
잠자리에 드는 밤

아름다운 이 세상
하직 할 듯 했건만

날 새면 들리는 새 소리
또 하루가 밝아온다

어스름 강둑에서

먹구름 트인 하늘 보랏빛 노을이 졸고
초록빛 물이랑은 무늬 놓고 가는데
깃 젖은 물새 한 마리 물길 따라 파닥인다

억새풀 바람 따라 고갤 젖는 강둑길
누군가 머리 풀고 숨죽이는 소리는
뒤돌아 서서 흐느끼는 갈대들의 속울음

꿈길보다 먼 길을 구름 함께 흐르는
산자락 씻는 강물 한 오백 년 부르고
나는야 말 못 하는 산 너는 명창名唱이라네

보오얀 너울 쓰고 주렴 속에 앉은 산
자욱한 물방울에 눈시울이 흐려져
남몰래 앓는 가슴을 물안개로 피운다

내 눈물 강물 위에 멀리 떠운 돛단배
저승길 구만 리 길을 돌아올 줄 모르고
빈 자리 장승으로 서서 물만 보고 사옵네

2

찻잔

담금질 불길 속에 영겁을 얻었는가
뜨거운 무늬 위에 운학雲鶴을 길들이고
빈 잔에 고이는 말씀 앙금처럼 앉는데…

연둣빛 물안개에 사르르 녹는 봄눈
옷깃 나부끼며 향긋이 오시는 이
조용히 무릎을 꿇고 두 손 모아 여미다

기억도 오래되어 희미한 그의 이름
잔 가득 넘치는 마음 건네주고 싶었건만
이제는 닿을 수 없는 허물어진 징검다리

솔바람 불어오는 그윽한 골짜구니
산 여울 물소리도 안개로 실려 오고
자연은 숨결로 다가와 입술 가에 맴돈다

찻잔 5
— 일본에 있는 우리 국보 이또 찻잔에 부쳐

천 년을 거듭 살아 겨레얼 배인 흙에
지순한 마음으로 아로새긴 비명碑銘이여
고전의 수풀 헤치면
먼 까투리 울음소리

울 너머 바라뵈는 감나무 익은 열매
잎지고 노을 지면 잡힐 듯 잡힐 듯한
가지 끝 매달려 있는
그 모습이 거기 있고…

어쩌다 볼모로 잡힌 영어의 흐느낌이
만남을 기다리는 만리장성 울을 쌓고
거머쥔 원형의 빛을
되새기며 앉았고나

멍울진 한이야 풀 수 없는 매듭인 걸
있음도 없음도 아닌 빈 마음 빈 자리에
필생의 화두를 찾아
읊조리는 노래여

목련제 木蓮祭

사랑을 말하기엔 티 묻을까 두려워
백지에 흰 구름 띄워 내 마음 네게 주었건만
숙명의 등불 밝히고 스쳐가는 그림자

아슴히 떠오르는 전생의 기억 같은
윤회의 수레바퀴 네 집 앞에 머물면
나 또한 불꽃 사루는 연연한 지등紙燈인 것을

귀대면 흐르는 가락 계면조 울림소리
사월의 하늘 아래 서리 맺힌 젊음 가고
꽃상여 요령 흔드는 여울지는 그 소리

어둠을 밝혀 들면 봄빛도 송구스러워
뼛속 깊이 간직한 눈보라도 다시 일고
새도록 젖은 속적삼 훌훌 벗어 던진다

산새

산새도 둥지 찾는
어스름 고운 놀빛

아기가 없는 빈 방에
살며시 등불을 켠다

섬돌에 떨구고 간 깃털
임자 없는 신발이여

가없는 하늘 한 자락 잡아 보지 못하고
소슬한 바람처럼 나뭇가지 흔들어
빈 하늘 서성이다가 사라진 구름인 것을 ―

진종일 연을 띄우듯
파닥이는 날갯짓

하늘 닿는 시름에
하얗게 날을 새면

뜨락에 맺히는 새벽 이슬
아가야 깃이 젖는다

과원에는

가난한 돌밭 머리 무너진 옛 성터에
연분홍 아지랑이 손 끝에 잡힐 듯한 날
꽃가지 무지개 걸고
봄을 흩고 있었다

고달픈 두레박질로 휘어진 가지에는
물 머금은 눈망울이 초롱불 밝혀 들고
땀방울 구슬로 엮어
오순도순 차린 신방

뒷짐을 짚고 앉은 만삭의 아낙네들
밤이면 남 모르게 별그림자 주워 모아
비워도 마냥 넘치는 꿈
항아리에 담는다

그 봄날 잃어버린 찬란한 약속인가
쏟아버린 빈 잔에 가득찬 눈송이여
나목에 쌓이는 적멸
먼 기약을 듣는다

백자 곁에서

달빛이 머물다 간
한마당 메밀꽃을

무명베 치마폭에
담으며 흩뿌리며

상기도 차고 넘치는
빛으로 고인 둘레

귀울림 울려 오듯
들리는 금 간 아픔

살핏줄 마디마디
잠결에도 소스라쳐

한 소망 비수에 꽂고
하얀 피를 뿜는가

찻잔 6

하 많은 이야기가
빈 잔에 담기느니

소리는 빛으로 고여
넘치는 작은 우주

달무리 마음에 두르고
흐르는 듯 머물고

뜨거운 입김으로
얼음처럼 금 간 자욱

세월을 몸에 새겨
고운 손 내미는데

만남은 황홀한 축복
다리 놓는 무지개!

에밀레종

슬퍼라 자식 잃고 넋 잃은 어머니여
가슴에 범종 하나 걸어 두고 살아온 천 년
앉으나 서나 들리는 그리운 그 목소리

벙어리 냉가슴을 무쇠로 앓았던가
오직 하나인 목숨 불가마에 던지던 날
먼 천둥 여울져 우는 저 에밀레, 에밀레…

뼈도 살도 녹아 밤낮으로 듣는 이름
눈 감고 귀 막아도 어질머리 새로워라
천륜은 무딘 쇠사슬, 조여드는 아픔을

용머리, 움켜쥔 발톱, 하늘자락 휘감은 비늘,
무수한 낮과 밤을 기다림에 눈이 멀어
네 울음 이승을 감돌아 구름 밖을 누비네

직녀織女
— 어머니에게

어이한 목숨이기 죄가 그리 많았던가
시름겨운 한 세월을 베틀에서 지나시나
고혈膏血로 올을 뽑아서 짜인 무늬 고와라

병든 몸 앓는 마음 씨날로 겹치시면
한 가닥 아픈 마음 산 넘고 물을 건너
살아온 허구한 길이 까마득히 멀구나

자식 위한 기도로 짜낸 비단 한 필
한 목숨 지닌 뜻을 밝히는 촛불 아래
은총을 두르고 있는 나를 바라봅니다

은발 銀髮

복사꽃 그늘 아래 흩어진 꽃잎을 본다
덧없는 고운 목숨 바람에 쓰러지고
저녁놀 비껴간 햇살이
이마에 와 앉는다

상기도 다함 없는 그리움 어디 두고
서리 친 시간들이 빛 바랜 영마루에
가던 길 되돌아서면
품에 가득한 달빛

북풍에게

망나니. 저 망나니
큰 칼 잡고 춤을 춘다

산천도 소스라치고
혼절하는 천지간 ―

듣는가, 빈 가지 현을 켜는
겨울 나무 노래를

마른 풀 죽은 듯이
드러누운 발밑에

봄날을 기다리는
아지랑이도 잠을 잔다

보아라, 그 꿈길 머무는 곳
빛부신 만다라를

망월동 백일홍

"무쇠를 녹이리라"
"무쇠를 녹이리라"
망월동 무덤가를 달구는 저 불가마
장대비 백날을 쏟아도 불길은 끌 수 없고

천둥 번개 내리치던
아수라 지옥의 날
사태진 언덕 위에 불기둥으로 솟아
허공에 빛을 뿌리고 몸을 사룬 혼백들

내 눈물 땅에 묻고
돌아서는 이 길목
은은히 들려 오는 우렁찬 저 종소리
에밀레, 종 치는 나무여 네 울음에 발이 묶인다

어떤 해일海溢

대학로 은행잎이 재채기하며 쏟아진다
때 아닌 황사 한 떼 한 치 앞이 몽롱하고
어디쯤 해일이 이는가 포효하는 파도 소리

밀물을 거느리고 바람 기둥 울러메고
성큼 다가선 태풍의 눈 언저리에
한 마당 어우러진 신명 소용도는 굿놀이…

산이 무너지는 소리 귀를 막고 듣는다
비 몰고 오는 바람 회오리 감긴 속을
눈앞에 벼랑을 보며 종일 물에 젖는다

빈 가게의 노래

시장길 모퉁이에 젊은 신기료 장수
아내가 집 떠난 후 구겨진 모습이더니
이제는 그마저 떠나 가게 안이 비었습니다

고단한 생을 누벼 망가진 신발들을
그 무슨 소명이듯 새신으로 꾸미더니
소박한 한 자락 꿈도 구름 속에 묻었습니다

가난이 비수되어 난도질한 가슴앓이
찢어진 그 마음은 왜 깁지 못했나요
식풍에 부러진 가지 흔적조차 없습니다

엊그제 불던 바람

엊그제 불던 바람
부싯돌을 쳤을까

마주친 돌팔매로
뿜기는 화약 내음

쨍그랑, 부서진 유릿가루
죄 없는 비명이여

더 이상 버틸 수 없는
막다른 어느 벼랑

가난한 영혼들이
떨고 섰는 가지 끝에

이 봄도 봄 아니라고
회초리 든 꽃샘바람

대관령에서

살아 온
지난 날 들이
여기 펼쳐졌구나

한 고비
넘으면
또 한 고개
목숨 걸던 결단

바람에
떠도는 구름
머물다 가는 길은

박물관 고考

잠을 턴 옛 왕조가 초롱을 밝혀 든다
영원과 일순이 손을 잡는 가장자리
튕기면 불꽃이 튀는 붙박이별, 별자리

빛과 그늘 고여 있는 그 날의 못물가에
새하얀 혼을 실은 새 한 마리 떠오르고
자욱한 아지랑이 속 나고 들던 발자국

시간이 빠뜨린 꽃잎의 작은 비늘이여
해와 달 드리운 첩첩한 어느 오지
앙금진 흙더미 속에 눈 먼 날을 지새고…

한 구비 일천 년을 고이 접은 그 언저리
합죽선 펼 때마다 서리우는 우리의 넋
끝내는 쓸쓸한 웃음 숨결 돌아 깨어나고…

윤기 밴 가야의 풍물이며 노리개들
화제 없는 병풍 속에 낮닭 소리 귀에 젖고
손금을 펼쳐서 보듯 내다뵈는 전생前生이여!

찰나의 숨결이어라 바둥대던 맥박이어라
사라졌던 흔적들이 말문 여는 저 무한대無限大
받들어 숨쉬는 목숨 별빛으로 띄우고픈

상사화相思花

지귀志鬼여 그대 혼불이
타오르던 옛 터에

천 년이 지나도록
이어져 온 목숨이 있어

앞뒷산 태울 불씨를 모아
부싯돌 치는 이 있다

남 모를 그리움도
인연이라 한다면

백 번 죽어 되살아나는
윤회의 오솔길에

두고 간 그대 금팔찌
들고 섰는 이 있다

저 달개비꽃

잠시 머물다 가기는
너와 나 한 몸인데
그 가냘픈 꽃빛만한
하늘 한 줌 쥐고
어둠에 기댈 수밖에…
이슬에 젖을 수밖에…

길을 찾아서

길 찾아 길을 묻고 길을 가던 선재 동자善財童子
설산雪山이 무너져서 모래알로 밟히는
만상萬象에 깃들인 이야기 마음귀로 들었다

안개에 갇혀 있는 숲 속은 성자聖者의 마을
푸나무 바위들도 수행하는 몸짓에
거룩한 혼령이 감돌아 몸을 닦는 소리…

산은 잠자는 듯 물안개에 잠겨서
본디 모습 감추고 물러나 뵈지 않는데
한 마음 깊은 곳에 솟구친 수미산 앉음새여

천 년의 노래가 땅 속에 묻혔어라
그 노래 흙이 되고 또다시 노래로 태어나
흰 동백 꽃더미 속에 옛 종소리 울린다

푸른 하늘 나부끼는 희디 흰 구름결
있음도 아니고 없음도 아니라고
수유와 영겁 사이를 오가는 무량청정無量清淨

강물은 항상 흘러 새로운 강이 되고
슬픔과 기쁨이 마주치는 여울목
자재自在로 넘치는 물살 한바다에 이르노니

서산에 해 저물어 나래 펴는 어스름
빛 잃은 낮달이 생기 도는 하늘가에
뜬구름 한 장 노을도 잠들 곳을 찾는가

어둠이여, 한 치 앞도 알 수 없는 이승길
허허벌판 외진 곳에 밤안개 짙어 오고
찾는 길 어디쯤인지 알 수 없는 길을 간다

3

세한도歲寒圖 속에는

하얗게 언 하늘에 별곡別曲이 흐르고 있다
서슬 푸른 창대이듯 서 있는 소나무
그 곁에 휘느러진 노목老木
예서체 쓰는 날에

눈 덮인 바닷가엔 솔빛만이 푸르다
용솟음치는 성난 파도 먹물 풀어 잠 재우고
적막이 숨죽인 자리
새 한 마리 날지 않았다

다만, 우주와 교신하는 외딴 집 둥근 창 하나
사람은 뵈지 않고 신명만 넘나드는 곳
깡마른 조선의 혼불이
이글이글 타고 있었다

아버지

녹두꽃
진 자리에
일어선 한 줄기 바람

세상을 바꾸려는 뜻
천지를 휩쓸었건만

소나무
휘인 가지에
옹이로 굳어 있다

원적原籍

인삼골
첩첩 산골
인삼꽃 피워 놓고

한 소망
소지燒紙 올리듯
향으로 살던 사람들

천 년 숲
골짜구니에
조선의 기氣로 엉켜 있다

봄, 아지랑이

- 동학東學, 100주년에

"사람은 하늘 이니라"
하늘 말씀 우러르면
언 하늘 맴을 돌던 혼령이 내리시어
산허리 아련히 감도는 도포자락 보이고

피로 얼룩진 세월
백 년도 꿈결이듯
서풍을 마다하고 동풍 따라 나서던
아비의 베잠뱅이도 먼 들녘에 가물거린다

보일 듯 보이지 않고
잡힐 듯 잡히지 않는
꽃보라로 손짓하며 구름곁에 나부끼는 것
공중에 걸린 현수막 〈개벽〉이라 쓰여 있다

어떤 춘궁 春窮

저 건너 강마을에 나물 캐는 아낙들
때 아닌 보릿고개 흥부네 가난살이가
흑백의 영상 속으로 아슴히 떠오른다

손 잡고 웃음 지으며 한울에 살던 날이
등 돌린 세월 속에 앙숙이듯 눈 부라려도
겨레가 야윈다는 소식 발을 동동 굴린다

찻잔에 달을 띄워

찻잔에
달을 띄워
마음 뜨락 밝힌다

어느 먼 곳
나들이 간
생각도 불러들이며

내 안의
나를 모시고
올리는 아늑한 제의祭儀

의암義嚴의 말씀

바위가 바스러져 모래알 될 때까지
강물이 잦아져서 바닥 내밀 때까지
구천에 사무친 노래
초음파로 발송한다

한순간 불꽃으로 타오른 횃불이어도
흐르는 강물 위에 높이 뜬 붙박이 별
북극성 길을 밝힌다
겨레 가슴 나침반으로

몸에 새긴 문신文身을 씻고 또 씻으며
물가에 꿇어앉아 무언경無言經 읊는 당신
물 위에 꽃을 뿌리는
하얀 손도 보인다

진주교 지날 적마다 절로 가는 눈인사에게
빚진 목숨 사는 법을 채근하는 저 물음표
계사癸巳년 먹구름 뚫고
감탄사感歎詞로 늘 오신다

가을 산에서

1
종일을 땀 흘리다가
쉬어도 보는 한때

관에 든 몸짓으로
하늘을 보고 땅에 누웠다

살아서 죽어 본 느낌
이리도 편안한 안식

2
겨우살이 준비하는
다람쥐와 더불어

휘몰이로 날으는
낙엽 속을 거닐면

끝내는 돌아 설 자리
햇살이 눈부시다

3
하늘은 어찌하여
비를 내리지 않는가

소말리아 난민 같은
과목果木을 바라보니

목말라 야위어 가는 산
늘골이 드러난다

비봉산 정자나무

비봉산을 지키는 저 늙은 터줏대감
허리에 아기 밴 듯 옹이 박힌 배 내밀고
발등에 떨어진 불을 피할 수가 있을까

어쩔거나, 그슬린 옷자락 데인 살갗을
오존층 구멍난 하늘은 가릴 손도 없고
머리 위 헐벗은 해는 불화살을 당기는데

임진의 검은 불길 발돋움 해 보았으며
갓거리에 모인 농투성이 죽창 잡던 그날
인내천人乃天, 뜨거운 함성에 소스라친 지도 어언 백년

휘드린 긴 팔목을 뿌리께로 손짓하며
몸으로 말을 해도 들어 줄 이 없는지
바람에 귀 빌려달라고 입을 모우고 있다

천섬千島을 지나며

밤하늘 은하수가 이 강물에 내려왔다
내 곁을 떠난 사람들 이 곳에 모여 앉아
저마다 혼불을 켜는 별자리가 되었구나

우리가 별이 되어 흔들리는 물굽이에
별도 뜬 사랑도 언젠가는 흐르는 별
나그네 지친 길목에 원경遠景으로 머문다

여기는 캐나다 땅 센로렌스 강江 언저리
누군가 돌아오는 길 손수건을 흔들고
찰나도 영원이듯이 마주치는 눈길 있다

입춘 무렵

아득한 어느 산골
후미진 계곡에

여울은 얼고
또 멎었는가
내 몸에
소름 끼치고

그 물살
언제쯤 풀리려나
내 눈빛
밤을 지킨다

휴전선 부근

지축을 가르고 흔들며
휘몰아친 돌풍이

녹슬은 철조망에
깃폭처럼 펄럭인다

눈 뜨고
절명한 순간
부릅뜬 눈망울도…

자욱한 안개에 갇혀
회오리 잠든 산하

흩어진 살점들이
백골을 추슬러도

떠돌며
서성이는 넋
불침번을 서고 있다

그 날이 오면

그 날이 오면 아 그 날이 오면
백두의 정수리에서
한라의 발끝까지
뜨겁게 용솟음치는 기쁨 얼싸안고 춤추리

그 날이 오면 아 꿈같은 그 날이 오면
서럽던 눈물의 강
서해로 흘려 보내고
긴 날을 앓고 뒤척이던 기억 동해물에 씻으리

매듭을 보니

인연은 덫이었다
아픈 형벌이었다

칡넝쿨이 얽히듯
그물 처진 숲 속에

족쇄를
풀지 못하고
날지 못하는
새 한 마리

보리밭 서경敍景

봄바람 스칠 때면 파도 치던 청보리밭
그 밭머리 자지러지던 종달새 노래 소리
강 건너 저편 언덕에 신기루로 솟았다

풋보리 꺾어 먹던 흥부네 가난살이
누더기 이불 같은 밭고랑들 사이로
가난도 따스하도록 햇볕에 널어 말렸다

보리타작 마당에 함께 치던 도리깨질
눈매 어진 이웃들은 한솥밥 식구였고
사람이 모여 사는 곳 더운 김이 올랐다

지금은 오물에 가위눌려 기진한 들녘
풀잎도 참새들도 멀리 떠나 버리고
문명은 떠밀려와서 재를 뿌리고 갔다

풀꽃 은유隱喩

구절초

살아온 구곡간장 마디마디 아픈 내 어머니
봄 여름 화창한 날 얼굴을 돌리시고
이 가을 설운 눈매로 나를 바라봅니까

패랭이꽃

내 죽어 꽃의 몸으로 환생할 수 있다면
어머니 무덤 가에 패랭이꽃으로 피어
이승에 못다한 사연 이룰 길도 있으련만

엉겅퀴꽃

가시성城 궁궐 속을 이글거리는 햇덩이여
전방도 첩첩한 산골 철조망을 지키는
내 아들 차가운 눈빛 풀덤불 속에 있네

아침 산

저만치 먼 앉음새로 손나팔 부는 그대
설레는 오지랖을 숨 고르며 달려가면
당신은
갓 행군 초록 융단을
펼치고 계십니다

귀 모으면 들리는 신비로운 속엣말은
동천洞天에 묻어 놓고 더러는 여울에 흩어
이따금
청아한 가락으로
옥피리를 붑니다

덕수궁 은행나무
— 한글날에 즈음하여

영락이 흔들린다
가을 금관을 쓴 나무

황촉불 밝혀 놓고
정음正音을 내리시니

대낮도 밤중 같은 민초民草
감은 눈을 뜨게 했다

세종*에게 바치는
황금빛 봉헌 문자

모음 자음 엮어서
제향을 올리느니

간간이 여민락與民樂 소리도
울려퍼지고 있었다

---

* 덕수궁에는 세종대왕의 동상이 있다

한산사寒山寺* 종소리

예 와서 듣겠네, 날 부르는 그대 목소리
꿈엔 듯 생시인 듯 어렴풋한 꿈길 속을
이 세상 넓은 천지에
그대 있음이 감사하다

한산寒山은 경을 읽고 습득拾得은 빗자루 드는
그림 속 귀 모으면 마음 뜨락 쓸어 내는 소리
밤중에 시詩 읊던 소리도
여운으로 감돈다

꽃 피고 잎 지우며 바람곁에 흩어진 이름
머나먼 전설 속의 그대 다시 돌아와
한 생각 일깨우는 소리
되뇌이고 있었다

---

* 중국 강소성 소주에 있는 절

루레이 동굴

슬픔이 굳어지면 보석이 되는 걸까
눈물이 고이면 호수가 되는 걸까
남몰래 숨겨 두었던 그대 마음 한 자락

겹겹이 닫혀 있는 어둠을 열어 본다
아득한 시간이 쌓여 빛으로 머문 자리
잠자던 억만 년 꿈이 눈을 뜨고 일어섰다

막혔던 기를 틔워 숨결을 이어 주고
잃었던 말을 찾아 만상萬象에 붙이는 이름
억겁의 적막을 깨고 그대 다시 말하는가

속마음 열어 뵈는 파르란 호숫가에
심현心絃을 울려 주는 종유석鐘乳石 비올라 소리
동굴은 천 년 울음을 가락 뽑고 있었다

4

봄, 새벼리*

그 약속 잊지 않고 돌아온 화공들이
채색을 하느라고 붓놀림이 바쁘다
밤사이 그린 수채화 꽃대궐이 열두 채

그 약속 지키느라 돌아온 악사들도
이 쪽 저 쪽 숲에서 고운 목청 견준다
냉천사 능수 벚꽃도 들썩이는 어깨춤

_____

* 진주 팔경중의 하나인 산의 이름

방하착放下着

― 나비처럼

무 배추 장다리 밭에
옮겨 앉는 흰나비

무심코 날아오른다
날갯짓도 가볍게

가진 것
아무것도 없이
빈 몸으로 가볍게
.

연못에서 만난 바람 1

연못으로 갈거나
연꽃 만나러 온 바람같이
꽃 진자리 잎만 남아 수화手話를 읊조리는 곳
눈감고 헤아려보는 그윽한 영혼의 나라

그대 말씀 언저리
산울림인가 먼 종소리
진구렁에 발 딛고 발목 빼지 못해도
빛 부신 화엄華嚴의 날을 꿈꾸며 살라 하네

연못에서 만난 바람
옷깃을 스치누나
저문 날 들녘에서 아마 맞대는 인연
꽃인 듯 그림자인 듯 무릎 꿇고 맞으리라

연못에서 만난 바람 2
— 예하리禮下里연꽃을 보며

두 손을 고이 모아 기도를 올립니다
저승 길 강나루에 어둠을 밝힙니다
그 곁을 맴도는 바람
향을 실어 나릅니다

사무친 그리움에 흰 뼈마디가 녹습니다
마음을 한데 모아 중심을 잡습니다
하늘도 더 높은 곳에서
꽃비를 내렸습니다

꽃과 열매 만나고 헤어지는 아픔을 봅니다
슬픔을 건너가는 배 무시로 흔들립니다
목 메인 한 마디 말은
명치에 접어 두었습니다

불화살에 데인 목숨 찬 이슬에 젖습니다
이슬로 쓴 시 한 구절 연잎으로 떨어집니다
바람은 고요의 손잡고
말없이 사라집니다

옷, 한 벌

이 세상 찾아 올 때 벌거숭이로 왔다가
주머니 하나 없는 수의壽衣 일 습 마련해 놓고
홀연히
먼 하늘 머무는
한 떨기 구름을 본다

스쳐 온 흔적도 없고 발자국 남김 없을
한 벌뿐인 목숨 걸고 흘러가는 하늘 길
삶이란
허깨비놀음
물거품 같은 것을…

온 길도 알 수 없고 갈 길은 더욱 모르는
슬픈 손금 펴 보면 덫에 걸린 새 한 마리
덧없는
꿈만 엮으며
족쇄 풀고 나를 것을…

남명南冥의 하늘

두류산 정기 서린 더 높은 그 언저리
하늘 기둥 곧게 세워 천석종* 매달아 놓고
선비가 사는 도리를
종소리로 알리신 님

양단수 흐르는 물에 꽃잎 띄워 보내며
경敬과 의義 두 글자를 천추에 전하며
사람이 사는 이치를
하늘 아래 천명했다

삼동에 베옷 입고** 볕 보지 못한 날을
오지랖 성성자惺惺子로 뼈를 깎던 스승의 길
천둥에 흔들리지 않을
청대숲을 길렀다

---

* 남명南冥 조식曺植의 한시 구절
** 남명의 시조 구절

목숨을 길러주는 따스한 햇살처럼
밤하늘 어둔 길목 열어 주는 달빛처럼
빛 무리 고인 그대 하늘
누리 동쪽 밝혔다

문향 聞香

어디서
나는 향일까
자꾸만
귀가 쏠린다

창가에
휘인 매화가지
향불
피우는 기척

달 아래
문빗장 열고
섬돌 아래
나선다

진양호, 낙일落日 앞에서
— 진주 팔경의 노래〈제8경〉

차마
눈감을 수 없는
마지막 순간 두고

한 사람
지우지 못해
자지러지는 붉은 상처

유서를
다시 고쳐 쓰고
목 멘 시詩 바치느니…

논개의 강

쌍가락지 낀 강물이
눈을 뜬 신새벽
상기도 뜨거운 숨결
물안개 핀 꿈자리에
홀연히
나타난 비천
새벼리* 쪽으로 승천했다

늘상, 길 떠나며
저물녘 돌아오는 그대
푸른 물 젖은 옷자락
꿰비치는 손길로
의암을
어루만지며
쓰다듬고 있었다

---

* 진주 팔경의 하나, 남강의 하류

연못

연꽃을 찾아서
연못가에 왔습니다

꽃은 자취도 없고
소슬바람 이는 언덕

개구리
퐁당 뛰어든 물 속에
하늘 한 쪽
일렁입니다

파도 법문法門

긴 장마 반짝 트인 날 송도 바닷가에 섰다
감람紺藍빛 물마루는 영원을 노래하고
발등에 부서지는 물보라 일순에 사라진다

내 집 앞 남강 물도 흘러 왔을 이 바다
잎만 보고 숲 못 보는 눈 귀 어두운 나에게
초록빛 경전經典 펼치며 책장 넘겨주는데

삶이란 무엇이며 죽음은 무엇인지
늘 깨어 뒤척이며 잠 못 드는 파도는
눈부신 해인海印을 찾아 꿈길 속을 헤매고

빈손으로 왔다가 빈손으로 가는 파도
회초리 내리치듯 소리치며 자지러지며
파도가 전하는 말씀 귀를 모으게 한다

타클라마칸 사막

가다가 길 잃으면 적멸의 길이 되고
가다가 길 찾으면 구도求道의 길이 된다
끝없이 따라나서면
선연한 혜초*의 발자국

낙타풀 뜯어먹고 피 흘리는 낙타처럼
목숨을 걸어놓고 절룩이며 가던 길
길 없는 그 곳에 길이 있고
길 있는 곳 길은 없다

---

* 신라의 구법승(求法僧)

뒤벼리 산* 소묘素描

그대는 산으로 와서 뗏목 흘려보내고
흰구름 가는 길을 바라보는 저 언덕
늘 푸른 단청丹靑 올리며
금강의 성을 쌓았다

참으로 오랜 슬픔 깎아지른 벼랑 아래
산 그리매 더불어 선정禪定에 든 나날들
밤이면 먹장삼 벗어
강물 위에 띄웠다

---

* 진주 팔경의 한 곳

초당草堂이 있는 풍경

바위에 새긴 문패 정석丁石이 지키는 빈 집
햇살은 비껴가고 차꽃만 눈부시다
대붕大鵬이 떠나간 자리 겹겹이 쌓인 고요

적소摘所에 달이 뜨면 목을 놓던 두견새
숲 그늘에 숨어서 흔적조차 없건만
장지에 비친 그림자 붓 한 자루 들고 있었다

유천乳泉에서 흘러 와 다관茶罐 씻던 옛 물은
귀엣말 속삭이며 소나무 밑둥 적시고
왕조의 우람한 등대 어둠 풀어 길 밝혔다

맨드라미, 불 지르다

섬돌에 묻어 둔 불씨 빠지직 불 지폈다
언 가슴 녹인 불꽃으로 피어난 맨드라미꽃
오지랖 데인 흔적을
주홍글씨 새기며

몇 번을 까무라쳐도 끓어오르는 더운 피
내림굿 손대 잡고 날고 싶은 나비 꿈은
선무당 신들린 춤사위
바라춤을 추는 듯

귀뚜리 밤을 울어 풀잎도 잠 못 든 새벽
혼을 실은 낮달은 빈 하늘에 떠돌고
아 여기 불타는 집 한 채
지상에 머물고 있다

차茶잎 따는 날

비 개인 봄 아침은 씻은 듯 맑은 세상

은구슬 화관 쓰고 향으로 오시는 이 있어

살며시 다가서며는 연둣빛 손을 내민다

온누리 초록 꿈을 일깨우는 종소리

일창일기—槍—旗 앞세워 한 마음 머물게 하고

새 소리 들리는 법당法堂 떼구름을 흩는다

지는 은행숲에서

꽃보다 고운 설레임 금빛 나울로 일렁인다
뜬 눈 가지 끝에 접고 앉은 노랑나비 떼
떠날 땐 떠난다 해도
이 만적滿積을 뉘게 주랴

멍든 허울 벗어 던지고 나이테 붙어 가는
이승의 내안內岸을 적셔 울부짖는 파도 소리…
뜨겁게 모닥불 피우면
하늘문도 열리려니

찾아서 못 나서는 기찬 슬픔 하나
혼신의 읊조림만 바람벽에 흔들릴 뿐
황촉불 밝혀 든 자리
여기가 성지聖地라네

호박꽃 환상幻想

뜨락에 호박꽃 피워 어머니를 뵈올까나
꽃대에 잠겨 있는 적멸보궁 문을 열고
시간을 거슬러 가면
아득한 유년의 텃밭

땀 절은 삼베 적삼 밭머리 벗어둔 채
녹슬은 호밋자루 상기도 뒹구는데
끝없는 초록 강물에
일렁이는 황포黃布 돛대

눈물 고름
― 허난설헌에게

눈 속에 핀 난꽃 향기
천지를 진동했다

불꽃으로 사룬 시심詩心
꿈속에만 노닐며

봉황鳳凰은
날개를 접고
하늘을 얻지 못했다

삼종지도三從之道 오랏줄에
꽁꽁 묶인 짧은 생애

가슴에 묻은 두 무덤
창자를 끊었느니

눈앞에
아른거리는
그대 하얀 눈물 고름

꽃샘바람에

꽃 멀미, 꽃에 취해 해 종일 비틀거리는
길 잃은 몽달귀신 몸 둘 곳을 잊었는가
길목을 지키고 서서 휘파람을 불고 있다

귀밑머리 땋은 댕기 바람결에 날리고
더러는 회초리로 꽃가지를 내리치면
채 못 핀 송이 송이가 죄도 없이 이울었다

말못한 속엣말은 아지랑이 속에 달궈
오지랖 풀어 헤치며 헛손질도 짚으면서
어둠 속 피워 올렸던 눈부신 수화手話 한 구절

긴 세월 흐름 속에 서리맞은 꽃봉오리
한많은 원귀들이 휘몰이춤을 춘다
바람은 감아 온 물레를 되돌리고 있구나

천지에 흐드러진 복사꽃 흩는 바람
바람은 바람끼리 풍장風葬을 지내고
여울목 거슬러 간 곳 파선破船 하나 누워 있다

5

좋은 날

꽃들은 이울기에 더 없이 아름답고

목숨은 사라지기에 더 없이 소중하다

살아서 숨 쉬는 지금 우리 함께 좋은 날

모란꽃 이우는 날에

왔느냐 너 왔느냐
서역 만리
돌아서…

두견새 혼령이듯
핏빛 울음 토하더니

화관花冠도 원삼圓杉도 벗고
흙에 누워 흩어진 꿈

빗방울 변주變奏
— 쇼팽의 연주곡을 들으며

우수절 젖은 하늘 물안개 낀 들녘에 서면
전생의 어느 길목 먼 그대 발자국 소리
끊일 듯 이어진 가락 비파 소리 들리고

딩동 댕, 딩동 댕댕, 건반을 치듯이
처마 끝 낙숫물 소리 음계를 밟고 온다
먼 길을 찾아온 손님 문을 두드리는 소리

꽃과 잎을 물들인 한 줄기 바람 앞에
늘상 젖은 눈매로 쓴 두루마리 편지
하늘이 전하는 소식 이별노래 들리고

눈발이 휘날린다 허공에 나부끼는 음표들
우주가 연주하는 천상의 가락일까
은빛도 찬란한 악보樂譜를 지상에 봉헌했다

의신동천義信洞天, 말을 잃다
— 지리산 역사기념관에서

흰수염 나부끼던 신선은 하늘로 가고
헐벗은 나무들 밑둥을 헤쳐서 보면
홍건히 얼룩진 핏자국
흑백 필름 기억뿐

그날 붉은 깃발 산불처럼 번질 때
핏발 선 사람들이 꽂아둔 창대들은
짙푸른 연리지連理枝 되어
손잡을 날 있을까

형제가 총을 겨누며 제물祭物이 된 킬링필드
얼어붙은 여울은 풀릴 기척도 없고
상기도 혼절한 모토母土
실어증을 앓고 있다

112

아리랑

나 어릴 적 국권國權을 빼앗긴 시절 있었지
"나라를 찾겠다"던 젊은 우리 아버지
어린 딸
무릎에 앉히고
아리랑을 부르셨다

나라에 바친 목숨 부평초로 떠도실 때
두견새 토하던 가락 피 묻은 그 노래가
왜 이제
생각나는지,
그때는 몰랐어라

아득히 먼 하늘가에 얼비치는 흰 두루막
황토재 아리랑고개 지금 넘고 계시는지
아련한
산울림으로
들려오는 메아리

경주 남산에 가면

경주 남산 찾아 가면
내 그리운 사람이
바위 속 문을 열고
걸어서 나오실까
감실의 부처님처럼
집 지키고 계실까

돌처럼 굳은 언약
비바람도 견딘 사랑
천년의 미소 머금고
늘 그 자리 그대로
영겁을 다스려온 그대
숨결 소리 들릴까

낮 꿈속에서

— 경주 남산 마애관음보살님

연꽃구름 휘감고 지금 막 내려오신 듯
서있는 바위 곁에 펄럭이는 옷자락
사뿐히
두 발을 딛고 나를 쳐다보시다

먼 하늘 우러르며 오른손 가슴에 얹고
인연을 마주하여 떨리는 그의 손길
어머니
제가 올 것을 알고 계셨나이까

바위에 몸을 맡겨 꿈길로만 오가는 이여
천상의 무지개다리 길목이 무너져서
수유도
영겁이 듯이 거기 계시옵니까

청동 물고기

저 하늘 푸른 연못에 청동 물고기 한 마리
천형天刑이듯 매달려 만행卍行을 꿈꾸며
그물에 걸리지 않는
바람 사진 찍고 있다

흰구름 가는 길에 얽힌 매듭 살 풀어주고
댕그랑 고요 깨뜨리며 울려 퍼지는 파장
그 소리 앞장 세우고
먼 그대 찾아 나선 길

빈 절간 홀로 지키는 망루가 되었다가
길 잃은 여린 목숨 등대가 되었다가
물결 속 달을 읽는다
원음圓音을 노래하며

까치집 있는 풍경

밤사이 금빛 옷을 훌훌 벗은 은행나무
그 위에 집을 지은 까치집 한 채가
하늘 문 지키는 초소이듯
빈 가지에 걸려 있다

오가는 흰 구름은 바람결에 길 떠나고
이따금 현을 켜는 겨울나무 그 노래에
가야금 안족雁足으로 앉아
장단 맞추는 몸짓

꿈도 한도 떨치고 기도하는 나무 곁에
잠깐 쉼표 찍는 듯이 머물다 가는 둥지
어깨를 서로 내주며
눈시울을 적신다

백로 白鷺

창공을 밑줄 치는 눈부신 은빛 날개
한 일자 획을 그으며 백로가 지나간다
저 건너 새벼리* 벼랑 위를
오늘도 어제처럼

저마다 홀로 가는 외줄기 길을 열어
과녁을 향해 떠난 희디 흰 화살 한 촉
허공의 넓이를 재며
피안 찾는 길목에

해와 달 뜨고 지는 우주의 지붕 아래
아직도 못다 부른 영혼의 노래를 위해
아득한 물빛 그리움은
땅에 두고 가는 걸까

수유를 스쳐가는 시간의 흐름 위에
더 높이 멀리 나는 대붕大鵬의 꿈을 보며
이 언덕 나부끼는 갈대
높은 하늘을 우러른다

---

* 진주 팔경의 한 곳

바람 한 자락에

아무도
없는 뜨락
햇살만 올을 푼다

샛바람*
한 자락에
우주가 열리는 기척

홀연히
첫 눈 뜬 매화
하르르 이는
저 숨결

---

* 동풍(東風), 봄바람

그 겨울, 얼음새꽃*

용케도 살았구나, 얼음 지핀 저 눈 속을
간밤, 된서리에 어금니를 깨물며
난전에 좌판을 열고
목숨 잇는 아낙처럼

봄 뜨락 모란꽃을 부러워한 적 없었다
노란 꽃잎 껴안고 흙에 대해 감사할 뿐
뼈 아픈 고행苦行 길이여
뚝 뚝 피가 지듯이

생살 찢는 칼바람에 살갗을 허물어도
샛별에 눈맞추며 촛불이듯 불을 밝혀
태양을 겨냥한 눈빛
과녁 뚫을 날 있으리

---

* 복수초

물 위에 뜬 판화

— 수달에게

강물에 떠내려 온 목판 같은 모래성에는
물무늬 테 둘러놓고 한 무덕 핀 개나리꽃
음각한 물갈퀴자국
판화 한 폭 새겼다

진양호* 상류에서 살고 있는 수달이가
달빛에 이끌리어 시름없이 노닐던 곳
천사가 다녀간 흔적은
티 없는 무위자연

어느 날 강물 넘쳐 모래성 허물지라도
오고 간 자국마다 흐드러진 꽃밭인데
사람이 스친 발자국
꽃 피우지 못한다

---

* 진주 남강 상류에 있는 호수

집시의 노래
— 사라사테의 Zigenerweisen을 들으며

하늘을 떠도는 음표, 구름도 춤을 춘다
천상을 휘돌아와 폭포로 내린 가락
노래의 날개 위에는 하늘 소리, 바람 소리

불타는 모래언덕 목마른 나그네 길에
가시풀 피 흘리며 먹고 사는 낙타처럼
등짐을 내리지 못할 목숨의 애달픔이여

사막을 비추이는 달, 은빛 소나기 쏟아진다
세례 요한 손길이 듯 은총으로 내린 선율
빛무리, 황홀한 빛무리가 영혼에 젖어든다

산비둘기

이웃집 나무에 앉아
아침 여는 산비둘기야

산번지山番地 둥지 잃고
시정市井에 와 우니는 뜻

내게도
그 울음 전할
노래를 빌려다오

쌀, 쌀, 쌀
— 농민시위현장에서

젖어미는 통곡한다 버려야 할 자식 두고
햇빛과 비바람에도 손 모은 피붙이를
길거리 팽개쳐놓고
돌아서는 농심은

높새바람 하늬바람 황사바람 넘나들어
박힌 돌 뽑아내는 돌팔매도 아파라
덮쳐온 해일 앞에서
무너지는 천하지대본天下之大本

의붓어미 등살에, 난리 통 굶주림에
신주처럼 모시고 금쪽 같이 아끼던 것
어쩌다 신토불이는
불쏘시개 되었나

황톳재 불타던 노을 보릿고개 아른거린다
쌀더미 불질러놓고 호곡하는 풀꾹새 소리
격양가擊壤歌 부르던 곳에
검은 만장이 웬 말인가

바람결에

바람결에 벙근 목숨 바람결에 이울었네
한 줌 재로 날리는 가벼운 육신의 무게여
억새꽃 하얀 흔들림 바람 타고 가는가

불러도 대답 없이 돌아서는 뒷모습
흐름별이 지듯이 홀연히 너는 가고
벼랑 끝 낭떠러지에 저문 강이 흐른다

잘 가거라, 잘 가거라 바람결에 보내노니
밤이면 반짝이는 별자리로 떠오르고
새봄이 돌아오면은 빛으로 솟아나라

에밀레, 가슴 치다

매 맞고 소리치며 울음 우는 종이 있다
생살 찢어 피 흘리는 아픈 속내 달래이며
무상無常을 되뇌이는 소리
허공 속에 메아리 친다

어미와 자식간은 애초에 한 몸이다
한 핏줄로 이어진 질기고 아린 천륜
나눠도 한 마음, 한 뜻
둘이면서 하나인 것

당목撞木은 자식이듯 어미가슴 내리친다
회초리 맞으면서 살아가는 팽이처럼
만상萬象에 젖 물린 유곽乳廓
가슴 치며 울음 운다

화엄華嚴의 나라
— 부석사 무량수전에서

법성계 외우면서 배흘림기둥에 서면
소백산 산봉우리 꽃구름 피어나고
뜬 세상 겨운 시름이
봄눈 녹 듯 사라진다

그 먼산 비탈진 길 험준한 돌밭 길도
여기서 바라보면 얼기설기 얽힌 꽃밭
우주는 한 송이 꽃으로
피어난 장엄한 법계

안양루安陽樓는 빛의 다락, 빛 무리 고이는 곳
무지개 피고 지는 이 세상 밝은 둘레에
한 마음 이룬 꽃밭을
화엄이라 했을까

있음과 없음 또한 한 줄에 엮인 인연
너와 나 한 몸이며 하나가 모두[一卽多]되는 이법理法
한 마음 깨치고 나면 감은 눈이 뜨일까

지리산, 종을 울린다

하늘을 떠받치는 저 푸른 돌기둥은
구름 위 높이 솟아 천상천하 살피는 망루
천석종* 거룩한 혼의 집을
주춧돌로 삼았다

갓 쓰고 도포 입은 늠름한 앉음새여
명상瞑想에서 깨어나 가끔씩 종을 울린다
역사歷史에 흩어진 꽃잎
품에 안고 달래듯

---

* 남명의 시구詩句에서 따옴

해설

눈물의 떨림 또는 현실인식

박영학(원광대학교 명예교수)

한국문학사는 공후인 구지가 향가로부터 오늘에 이르기까지 자못 다양한 시 세계를 보였다. 신라의 월명사, 고려조에는 청산별곡, 가시리를 남긴 무명인을 만날 수 있다. 조선조의 수많은 시조 가운데 황진이와 이매창은 단연 돋보이는 여성시조시인이다.

현대시조에 이르면 이영도를 빼놓을 수 없다. 김정희는 70년대에 첫 시조집『소심素心』(1974)을 내고 이듬해 이태극, 이영도, 정완영 시인이 〈시조문학〉에 「화도花禱」를 공동으로 추천한 특이한 사례이다.

이후『산여울·물여울』(1980)을 포함하여 10권의 시조집과 3권의 수필집을 냈다. 한국시조문학상(1988), 성파시조문학상(1993), 문학의 해 표창장(문체부 장관, 1996), 경

남도문화상(문학부분, 1997), 허난설헌문학상(시조부분 본
상, 2000), 올해의 시조문학작품상(2004), 경남시조문학상
(2006), 월하시조문학상(2009)을 받았다.

눈물

소심·김정희 시인의 시조는 눈물이 깊다. 시적화자는 "불
화살에 데인 목숨 찬 이슬에 젖습니다/ 이슬로 쓴 시 한 구
절 연잎으로 떨어집니다"(「연못에서 만난 바람·2」, 4수중 4수
초·중장)고 말한다. 광주 망월동 묘소 앞에서도 눈물이 넘
친다.

"무쇠를 녹이리라"/ "무쇠를 녹이리라"
망월동 무덤가를 달구는 저 불가마
장대비 백날을 쏟아도 불길은 끌 수 없고

천둥 번개 내려치던/ 아수라 지옥의 날
사태진 언덕 위에 불기둥으로 솟아
허공에 빛을 뿌리고 몸을 사룬 혼백들

내 눈물 땅에 묻고/ 돌아서는 이 길목
은은히 들려오는 우렁찬 저 종소리
에밀레, 종치는 나무여 네 울음에 발이 묶인다

― 「망월동 백일홍」, 전문

망월동 묘역의 산정에서 시인의 사상, 구원, 추억, 죽음관 등등이 한꺼번에 응축되어 벅찬 울음을 터트린다. 망월동 묘역의 정적에 휩싸여 터져 나온 이 가눌 수 없는 눈물은 일종의 철학적 울음이다.

> 대학로 은행잎이 재채기하며 쏟아진다
> 때 아닌 황사 한 떼 한 치 앞이 몽롱하고
> 어디쯤 해일이 이는가 포효하는 파도 소리
>
> 밀물을 거느리고 바람 기둥 울러메고
> 성큼 다가선 태풍의 눈 언저리에
> 한 마당 어우러진 신명 소용도는 굿놀이…
>
> 산이 무너지는 소리 귀를 막고 듣는다
> 비 몰고 오는 바람 회오리 감긴 속을
> 눈앞에 벼랑을 보며 종일 물에 젖는다
>
> ──「어떤 해일海溢」, 전문

1980년대 대학가의 가두투쟁을 선명히 부각시킨다. 눈물은 "종일 물에 젖는"다. 참여 지향적이다. 이 눈물의 시원을 거슬러 가면 죽음에 닿는다

죽음

모든 생명은 반드시 죽는다生者必滅. 유한한 생은 그걸 잊고 산다. 김정희 시인의 시적발화는 죽음에서 비롯된다.

> 한 하늘 우러르며/ 푸르름에 젖는데
>
> 멀리서 우짖는 낮 꿩/ 봄이 지는 조종弔鐘소리
>
> ─「태산목泰山木 그늘 아래」, 첫수 중·종장

만물이 화생하는 봄날 태산목 그늘 속에서 우짖는 낮 꿩의 울음을 조종 소리로 듣는다. 한 젊은 죽음을 두고도 "요절夭折의/ 인연因緣 사무쳐/ 해탈한 매무새여"(「선인장仙人掌」)라고 한다.* 죽음은 피하고 싶어도 도무지 어찌 해 볼 수 없는 한계상황이다.

그래서 시인에게 요절의 주체는 「흰 구름」에서 보듯 "무변無邊의 가장 자리"에서 "피고 지는 꽃잎"으로 또는 복사꽃 피는 계절에 봄눈 녹은 물을 마시는 "아기 사슴"으로 온다.**

---

* 실제로 육사 19기인 시인의 외동 남동생은 29살의 나이에 유명을 달리했다. 김정희, 『차 한 잔의 명상』, 문학관. 1999, 40쪽 참조.

** 서울의 한 대학원에 적을 둔 시인의 맏아들은 고등고시 합격자 발표를 기다리며 잠을 자던 중 심장마비로 이승을 떠난다. 김정희, 『아픔으로 피는 꽃』, 교음사, 1990, 53쪽 참조.

봄눈이 녹는 언덕/ 복사꽃 눈을 뜨면//

꽃물에 젖은 속살/ 꿀샘도 물이 올라//

오지랖 수풀 헤치며/ 아기 사슴 목을 적신다

— 「젖무덤」, 둘째 수

요절의 주체인 사슴은 "꽃물에 젖은 속살/ 꿀샘"의 "물"을, 즉 부푼 젖을 빠는데, 그렇게 삼라만상萬象에게 젖을 빨리는 어미, 곧 에밀레 종의 유곽乳廓이 가슴을 치며 우는 이유는 무엇인가.

당목撞木은 자식이듯 어미가슴 내리친다

회초리 맞으면서 살아가는 팽이처럼

만상萬象에 젖 물린 유곽乳廓/ 가슴 치며 울음 운다.

— 「에밀레, 가슴 치다」, 3수 중 3수

어미는 왜 우는가. 아기는 젖을 빨 수 없기 때문이다. 죽었기 때문에 아기는 젖을 빨 수 없다. 부풀대로 부푼 「젖무덤」을 빨릴 수 없는 아기의 부재는 에밀레 종소리처럼 모성을 아프게 때린다. 이렇게 통한에 사무친 어미는 이미 죽은 것이나 다름없다.

모든 생명은 모두 사라진다. 죽음은 눈물을 낳고 눈물은 시적 고독으로 승화 되어 죽음을 연습하기에 이른다. 슬픔과 번민 등 모든 집착을 놓아버린放下着 김정희 시조는 죽음을 재해석하기에 이른다.

> 종일을 땀 흘리다/ 쉬어도 보는 한때//
>
> 관에 든 몸짓으로/ 하늘을 보고 땅에 누었다//
>
> 살아서 죽어 본 느낌/ 이리도 편안한 안식
>
> ─「가을 산에서」

> 수의壽衣를 갈아입고/ 잠자리에 드는 밤
>
> 아름다운 이 세상/ 하직 할 듯 했건만
>
> 날 새면 들리는 새 소리/ 또 하루가 밝아온다
>
> ─「새 소리」, 2수중 2수 초장

"관에 든 몸짓"이 "수의壽衣를 갈아입고/ 잠자리에 드는 밤"으로부터 "날 새면" "새 소리"를 듣는 시간까지 화자가 겪는 수면은 일상적인 잠자기가 아닌 죽음의 체현이다. 그런 죽음의 체현 뒤에 맞는 하루는 "아름다운 이 세상"일 수 밖에 없을 것이다.

재생

죽음의 고통에서 벗어난 화자는 삶의 현장을 직시하기에 이른다. "첫 새벽 눈을 뜨면 맑고 고운 새 소리"(「첫 새벽 눈을 뜨며」)가 들려 "살아서 숨 쉬는 지금 우리 함께 좋은 날"(「좋은 날」)이 된다. 그리하여 "용케도 살았구나, 얼음 지핀 저 눈 속을"(「그 겨울, 얼음새꽃」)이라고 생을 찬미한다.

물론 생은 가파르다. 「그 겨울, 얼음새꽃」에서 보듯 "간밤, 된 서리에 어금니를 깨물며/ 난전에 좌판을 열고/ 목숨 잇는 아낙"과 "뚝 뚝 피가 지듯이"는 "뼈아픈 고행苦行길"을 주목한다.

이렇듯 자식을 잃어본 화자는 비로소 외동아들을 잃었던 어머니의 통한도 체감할 수 있게 된다.

> 자식을 위한 기도로 짠 비단 한 필
>
> 한 목숨 지닌 뜻을 밝히는 촛불 아래
>
> 은총을 두르고 있는 나를 바라봅니다
>
> ―「직녀織女」― 어머니에게, 3수

통한을 다스려서 그것을 극복하고 넘어설 수 있었던 밑힘은 적멸의 체험이다. 가눌 수 없는 슬픔의 격랑도 견디려고 노력을 해야 느슨해진다는 것을 깨닫는다. "희디 흰/ 눈물고름이/ 내 곁에 나부끼네"(「달무리」, 종장)라고 말할 수 있게 된다.

> 스란치마 고이 접어 수繡틀 꽃밭 노닐면
>
> 비단실 올올마다 꽃잎을 열고 나와
>
> 황홀히 깃 치는 꿈길 굽은 가지 학鶴이 날고

꽃가마 고갯길은 굽이치는 눈보라

밤 도와 설움 접는 각시술 시린 손길엔

보랏빛 아미蛾眉의 구름 그림자도 짙어라

사랑의 외진 길을 곱 누비며 지친 날은

한 올 깊은 뜻을 눈금으로 새기고

바늘 끝 아린 손길이 나래옷을 깁는다

— 「침선針線」, 전문

'각시술'은 바느질 실밥이 곁으로 들어나지 않도록 안으로
접어 깁는 정교한 실뜨기다. 수틀은 화려하지만 내면에는
'눈보라, 설음, 짙은 그림자, 외진 길, 지친 날, 아린 손 길'로
점철된다. 모두 내상內傷의 흔적이다. '나래 옷'의 심리적 구
성 요소들이다.

여성화자가 자신을 추스른 방법은 오직 손끝에 머무는
바느질이다. 한 땀 한 땀 바늘 코를 뜨는 시간이 마음을 침
전시키는 그물 짜기와 다르지 않았다.

이에 이르러 시적 화자는 향기를 듣고 보는 지경에 이른
다. 예민한 감수성의 맨 밑바탕에 도사린 코는 귀를 대신하
기도 한다.

어디서/ 나는 향일까/ 자꾸만 귀가 쏠린다//

창가에/ 휘인 매화가지/ 향불 피우는 기척//

달 아래/ 문빗장 열고/ 섬돌 아래 나선다

—「문향聞香」, 전문

'향기를 듣는聞香 나무는 "귀울림 울려오듯/ 들리는 금간
아픔// 실핏줄 마디마디/ 잠결에도 소스라쳐// 한 소망 비수
에 꽂고/ 하얀 피를 뿜는가"(「백자 곁에서」, 2수중 2수)라고
묻는다.

이렇듯 향기를 듣는 귀는 "금 간 아픔"의 통증 소리도 감
지한다. 모두「보리수 아래」에서 깊은 좌망에 든 독공의 결
과이다.

그 나무/ 아래 머물면/ 잊었던 나를/ 찾을 것 같고//

그 나무/ 아래 앉으면/ 사무친 사람/ 만날 것 같고//

그 나무/ 아래 오래 앉아 있으면/ 어떤 길이 열릴 것 같다

—「보리수 아래」

참된 자아自我를 찾으려는 사람들을 만나면 길이 열린다.
구도란 진정한 자아를 찾는 방법이다. 아마 보리수 아래서
화자는 연기緣起를 읽었을 것이다. 한편 환자는 죽음을 담보
삼은 신라 구법승의 발자취에 경도되기도 한다.

가다가 길 잃으면 적멸의 길이 되고

가다가 길 찾으면 구도求道의 길이 된다

끝없이 따라나서면/ 선연한 혜초의 발자국

—「타클라마칸 사막」, 2수중 첫 수

'가다가 잃은 길'은 도로road이고 "적멸의 길"은 열반nirvana의 길道:way이다. 길을 아는 화자는 혈족의 죽음을 넘어 세계를 직시한다. 모든 사물에 대한 연민이 솟는다. 수달의 생태환경도 국토 현실도 분단도 죽음과 다르지 않다는 점을 깨닫는다.

연민

조상이 물려준 삶의 터전을 무릉도원=이상향으로 누리는 삶은 행복하다. 살아도 꿈이 없는 대지는 그냥 쓸모없이 누워있는 황무지waste land와 다르지 않다.

〈연민— 1, 수달에게〉

'수달'의 삶이 그러하다.

진양호 상류에서 살고 있는 수달이가
달빛에 이끌리어 시름없이 노닐던 곳
천사가 다녀간 흔적은/ 티 없는 무위자연

어느 날 강물 넘쳐 모래성 허물지라도

오고 간 자국마다 흐드러진 꽃밭인데

사람이 스친 발자국/ 꽃 피우지 못한다

—「물 위에 뜬 판화」, 2·3수

시인은 물가에서 고단하게 먹이를 찾는 수달의 발자국을 「물 위에 뜬 판화」로 읽는다.

수달이 애써 세운 모래성은 넘친 댐 물로 무너진다. 수달이 오가던 길목에 흐드러지게 피던 "꽃밭"(꽃 세상=화엄세계)은 이제 "사람이 스친 발자국" 때문에 "꽃(을) 피우지 못한다" 인간의 손발길이 미친 곳은 때 없이 망가지고 꽃도 진다. 인간의 손과 발길은 그야말로 '살殺'이 아닐 수 없다.

그리하여 "오물에 가위눌려 기진한 들녘"에 "풀잎도 참새들도 멀리 떠나 버리고", "문명은 떠밀려와서 재를 뿌리고 갔다."(「보리밭 서경」, 4수). 시인에게 문명은 한갓 오물에 지나지 않는다.

이웃집 나무에 앉아/ 아침 여는 산비둘기야//

산번지山番地 둥지 잃고/ 시정市井에 와 우니는 뜻//

내게도/ 그 울음 전할/ 노래를 빌려다오

—「산비둘기」, 전문

산비둘기가 이웃집 "나무"에 앉아 있는 모습은 측은하기 그지없다. 이 산비둘기는 영문도 모른 채 터전을 잃었다. 산동네가 뭉그러진 것은 재개발 탓이다. 산동네는 천민자본주의가 노리는 손쉬운 먹잇감이다. 비둘기는 "산번지 둥지 잃고" 인가로 내려왔다. 개발 붐에 휩쓸린 가난한 산동네 주민을 환유 한다.

산비둘기는 강제 퇴거 당한 억울한 이향離鄕의 슬픈 '그 울음(을) 전할(수 있도록 네)/ 노래를 빌려다오'라고 청원하다. 화자는 산비둘기에게 억울함, 즉 산림 파괴를 고발하는 반어법을 썼다. 산림 파괴를 고발하는 방법으로는 "노래"만한 것이 없다는 확신이 섰기 때문에 여론[=市井]에 호소한다.

이렇듯 김정희 시인의 시조는 소도시 목가주의small-town pastoralism에 닿는다. 브레히트의 말처럼 예술가는 사회에 대해 책임을 질뿐만 아니라 사회에 책임을 물어야한다. 시인도 그러하다.

〈연민― 2, 북에게〉

시적 화자의 연민은 겨레의 슬픈 국토에게 미친다. 1차적으로 북한 주민의 삶이 안쓰럽다. 한국문학 앞에 객체로 호명 당한 북의 주민에 대한 정서는 대체적으로 연민이 주류를 이룬다.

저 건너 강마을에 나물 캐는 아낙들

무 일도 없었다는 듯.

김정희 시인의 이런 시적 감수성은 무명을 밝히려는 예비
럼 몸짓을 방증한다.

연꽃을 찾아서/ 연못가에 왔습니다//

꽃은 자취도 없고/ 소슬바람 이는 언덕//

개구리/ 퐁당 뛰어든 물속에/ 하늘 한 쪽/ 일렁입니다

—「연못」, 전문

은 바람이 이는 언덕에 서서 연못을, 곧 제 마음을 들
보았더니 개구리만 퐁당 물이랑을 일으킨다. 하늘은 물
거꾸로 박혔다. 이런 경지에 이르면 일렁이는 것이 하
물인가.

도/ 없는 뜨락/ 햇살만 올을 푼다//

람/ 한 자락에/ 우주가 열리는 기척//

히/ 첫 눈 뜬 매화/ 하르르 이는/ 저 숨결

—「바람 한 자락에」, 전문

뜬 매화"의 향기를 "하르르 이는/ 저 숨결"로 듣는
를 귀로 듣는 후각의 청각화, 곧 귀로 듣는 향기
적요의 체험 없이는 기대하기 어렵다. 이렇게
김정희 시인의 시조가 머무는 최종 귀결은 치열

때 아닌 보릿고개 흥부네 가난살이가
흑백의 영상 속으로 아슴히 떠오른다

손잡고 웃음 지으며 한울에 살던 날이
등 돌린 세월 속으로 앙숙이듯 눈 부라려도
겨레가 야윈다는 소식 발을 동동 굴린다

—「어떤 춘궁春窮」, 전문

북의 주민을 인식하는 남한의 다수 인식 수준은 자본주
의 이데올로기의 우월성에 감염된 편향 시각에 안주한다.
남한의 풍요와 대비되는 '야윈' 겨레를 두고 할 말을 잃는다.
실어증失語症을 앓는다.

흰수염 나부끼던 신선은 하늘로 가고
헐벗은 나무들 밑둥을 헤쳐서 보면
흥건히 얼룩진 핏자국/ 흑백 필름 기억뿐

그날 붉은 깃발 산불처럼 번질 때
핏발 선 사람들이 꽂아둔 창대들은
짙푸른 연리지連理枝 되어/ 손잡을 날 있을까

형제가 총을 겨누며 제물祭物이 된 킬링필드
얼어붙은 여울은 풀릴 기척도 없고

상기도 혼절한 모토母土/ 실어증을 앓고 있다

— 「의신동천義信洞天, 말을 잃다」, 전문

지리산은 6·25 전란의 잔해인 빨치산partisan의 근거지였고
(="그날 붉은 깃발") 토벌을 위한 치열한 전투(="핏발 선 사람
들이 꽂아둔 창대")와 주검(="킬링필드")이 쌓인 곳이다.

〈연민— 3, 남에게〉

흰 두루막 나풀거리던 아버지 세대들은 나라도 없었다.

나 어릴 적 국권國權을 빼앗긴 시절 있었지
"나라를 찾겠다"던 젊은 우리 아버지
어린 딸/ 무릎에 앉히고/ 아리랑을 부르셨다

아득히 먼 하늘가에 얼비치는 흰 두루막
황톳재 아리랑고개 지금 넘고 계시는지
아련한 산울림으로/ 들려오는 메아리

— 「아리랑」, 첫수·3수

이런 슬픈 국토의 서경은 시인에게 죽음과 다르지 않다.

도道

죽음에서 해방 되려는 시적 욕망은 연민┌
에 이른다. 다도로 충족된다.

찻잔에/ 달을 띄워/ 마음 뜨락 밝힌다//
어느 먼 곳/ 나들이 간/ 생각도 불러들이┌
내 안의/ 나를 모시고/ 올리는 아늑한 저

— 「

고시조에서 곡조를 뺀 자리에 가┌
면 김정희 시조가 다도茶道를, 즉 여┌
에 대한 내적 체험의 발현은 대상
'제의祭儀', 즉 다도일미茶道一味에
셈이다.

연밥에 앉아서/ 눈망울 굴리┌
한 눈 판 사이에/ 날아간 고
빈자리/ 꽃은 또 벙글고/ ┌

눈 깜작할 사이에 연
"세상은 아무 일 없었┌
자리"에는 금방 다른 :

맑┌
여다┌
속에┌
늘인┌

아┌
샛비┌
홀연┌

"첫 눈 ┌
경지, 향기┌
의 이미지┌
읽다 보면 ┌

한 죽음의 번뇌에서 체현한 해방 또는 초극의 극점을 형상화하는 지점이다.

마무리

소심素心 김정희 시인의 시조는 이렇듯 인연의 요절이 빚은 상실의 고통을 정화하는 도정으로 읽힌다. 생태파괴로 터전을 잃은 슬픈 수달의 이향離鄕이나 혹은 국토 분단을 빙자한 야만의 시대에 시들어가는 북한 주민의 삶이 결코 남이 아닌 사생일신四生一身의 연민으로 간주한다.

혼탁한 죽음의 상처가 남긴 연민의 찌꺼기를 걸러낸 내면에는 맑은 혼이 고인다. 소심의 시는 아주 잘 삭은 영혼의 말간 바람소리 같은 숨결을 영접한다. 이런 정신의 가벼움이 비롯이 되어 시적 자아는 싸고도는 죽음을 사랑할 수 있게 된다.

이렇듯 김정희 시인의 40년 시력이 빚은 10권의 시집을 꿰뚫는 밑 흐름의 한 축은 죽음의 고통과 화해하는 도정이다. 그 화해의 길은 모든 집착에서 해방되는 도방하都防下의 미학이다.

김정희

일본 오사카大阪 출생, 경남 마산에서 성장 / 마산여고를 거쳐 숙명여대 국문학
과 수학 / 법사원 불교대학, 한국다도대학원 졸업 / 1975년 〈시조문학〉지에 작
품「화도花禱」로 등단 / 시조집『소심素心』,『산여울, 물여울』,『빈 잔에 고인 앙
금』,『풀꽃 은유』, 우리시대 현대시조100인 선집『망월동 백일홍』,『빗방울 변주』,
『그 겨울, 얼음새꽃』, 시조선집『물 위에 뜬 판화』 등 11권 / 수필집 『아픔으로 피
는 꽃』,『차 한 잔의 명상』,『화엄華嚴을 꿈꾸며』 / 제6회 한국시조문학상, 제10
회 성파시조문학상, 문학의 해 표창(문체부 장관), 경상남도 문화상(문학부문), 허
난설헌문학상(시조부문), 제6회 올해의 시조문학작품상, 제10회 경남시조문학상
제10회 월하시조문학상 수상, 현 한국시조문학관 관장

물 위에 뜬 판화

지은이 · 김정희
펴낸이 · 유재영
펴낸곳 · 동학사

1판 1쇄 · 2016년 1월 5일
출판등록 · 1987년 11월 27일 제10-149

주소 · 04083 서울 마포구 토정로53 (합정동)
전화 · 324-6130, 324-6131 | 팩스 · 324-6135
E-메일 | dhsbook@hanmail.net
홈페이지 | www.donghaksa.co.kr
www.green-home.co.kr

ⓒ 김정희, 2016

ISBN 978-89-7190-497-8 03810

때 아닌 보릿고개 흥부네 가난살이가

흑백의 영상 속으로 아슴히 떠오른다

손잡고 웃음 지으며 한울에 살던 날이

등 돌린 세월 속으로 앙숙이듯 눈 부라려도

겨레가 야윈다는 소식 발을 동동 굴린다

—「어떤 춘궁春窮」, 전문

북의 주민을 인식하는 남한의 다수 인식 수준은 자본주의 이데올로기의 우월성에 감염된 편향 시각에 안주한다. 남한의 풍요와 대비되는 '야윈' 겨레를 두고 할 말을 잃는다. 실어증失語症을 앓는다.

흰수염 나부끼던 신선은 하늘로 가고

헐벗은 나무들 밑둥을 헤쳐서 보면

흥건히 얼룩진 핏자국/ 흑백 필름 기억뿐

그날 붉은 깃발 산불처럼 번질 때

핏발 선 사람들이 꽂아둔 창대들은

짙푸른 연리지連理枝 되어/ 손잡을 날 있을까

형제가 총을 겨누며 제물祭物이 된 킬링필드

얼어붙은 여울은 풀릴 기척도 없고

143

상기도 혼절한 모토母土/ 실어증을 앓고 있다

— 「의신동천義信洞天, 말을 잃다」, 전문

지리산은 6·25 전란의 잔해인 빨치산partisan의 근거지였고 (="그날 붉은 깃발") 토벌을 위한 치열한 전투(="핏발 선 사람들이 꽂아둔 창대")와 주검(="킬링필드")이 쌓인 곳이다.

〈연민— 3, 남에게〉

흰 두루막 나풀거리던 아버지 세대들은 나라도 없었다.

나 어릴 적 국권國權을 빼앗긴 시절 있었지
"나라를 찾겠다"던 젊은 우리 아버지
어린 딸/ 무릎에 앉히고/ 아리랑을 부르셨다

아득히 먼 하늘가에 얼비치는 흰 두루막
황톳재 아리랑고개 지금 넘고 계시는지
아련한 산울림으로/ 들려오는 메아리

— 「아리랑」, 첫수·3수

이런 슬픈 국토의 서경은 시인에게 죽음과 다르지 않다.

도道

　죽음에서 해방 되려는 시적 욕망은 연민을 넘어서서 도에 이른다. 다도로 충족된다.

　　찻잔에/ 달을 띄워/ 마음 뜨락 밝힌다//

　　어느 먼 곳/ 나들이 간/ 생각도 불러들이며//

　　내 안의/ 나를 모시고/ 올리는 아늑한 제의祭儀

　　　　　　　　　　　　　　—「찻잔에 달을 띄워」, 전문

　고시조에서 곡조를 뺀 자리에 가람은 오도悟道를 놓았다면 김정희 시조가 다도茶道를, 즉 예도를 놓는다. 시적 대상에 대한 내적 체험의 발현은 대상과 하나가 되는 물아일체 '제의祭儀', 즉 다도일미茶道一味에 이른다. 다와 도가 하나인 셈이다.

　　연밥에 앉아서/ 눈망울 굴리더니//

　　한 눈 판 사이에/ 날아간 고추잠자리//

　　빈자리/ 꽃은 또 벙글고/ 세상은 아무 일 없었다.

　　　　　　　　　　　　　　—「잠자리 한 마리가」

　눈 깜작할 사이에 연밥과 고추잠자리가 결별을 했는데 "세상은 아무 일 없었다." 오히려 고추잠자리가 날아간 "빈자리"에는 금방 다른 꽃이 또 벙글어 채워버린다. 정말로 아무 일도 없었다는 듯.

김정희 시인의 이런 시적 감수성은 무명을 밝히려는 예비
적 몸짓을 방증한다.

> 연꽃을 찾아서/ 연못가에 왔습니다//
>
> 꽃은 자취도 없고/ 소슬바람 이는 언덕//
>
> 개구리/ 퐁당 뛰어든 물속에/ 하늘 한 쪽/ 일렁입니다
>
> — 「연못」, 전문

맑은 바람이 이는 언덕에 서서 연못을, 곧 제 마음을 들
여다보았더니 개구리만 퐁당 물이랑을 일으킨다. 하늘은 물
속에 거꾸로 박혔다. 이런 경지에 이르면 일렁이는 것이 하
늘인가, 물인가.

> 아무도/ 없는 뜨락/ 햇살만 올을 푼다//
>
> 샛바람/ 한 자락에/ 우주가 열리는 기척//
>
> 홀연히/ 첫 눈 뜬 매화/ 하르르 이는/ 저 숨결
>
> — 「바람 한 자락에」, 전문

"첫 눈 뜬 매화"의 향기를 "하르르 이는/ 저 숨결"로 듣는
경지, 향기를 귀로 듣는 후각의 청각화, 곧 귀로 듣는 향기
의 이미지는 적요의 체험 없이는 기대하기 어렵다. 이렇게
읽다 보면 김정희 시인의 시조가 머무는 최종 귀결은 치열

한 죽음의 번뇌에서 체현한 해방 또는 초극의 극점을 형상
화하는 지점이다.

마무리

소심素心 김정희 시인의 시조는 이렇듯 인연의 요절이 빚
은 상실의 고통을 정화하는 도정으로 읽힌다. 생태파괴로
터전을 잃은 슬픈 수달의 이향離鄕이나 혹은 국토 분단을
빙자한 야만의 시대에 시들어가는 북한 주민의 삶이 결코
남이 아닌 사생일신四生一身의 연민으로 간주한다.

혼탁한 죽음의 상처가 남긴 연민의 찌꺼기를 걸러낸 내면
에는 맑은 혼이 고인다. 소심의 시는 아주 잘 삭은 영혼의
말간 바람소리 같은 숨결을 영접한다. 이런 정신의 가벼움
이 비롯이 되어 시적 자아는 싸고도는 죽음을 사랑할 수 있
게 된다.

이렇듯 김정희 시인의 40년 시력이 빚은 10권의 시집을
꿰뚫는 밑 흐름의 한 축은 죽음의 고통과 화해하는 도정이
다. 그 화해의 길은 모든 집착에서 해방되는 도방하都防下의
미학이다.

김정희

일본 오사카大阪 출생, 경남 마산에서 성장 / 마산여고를 거쳐 숙명여대 국문학
과 수학 / 법사원 불교대학, 한국다도대학원 졸업 / 1975년 〈시조문학〉지에 작
품 「화도花禱」로 등단 / 시조집 『소심素心』, 『산여울, 물여울』, 『빈 잔에 고인 앙
금』, 『풀꽃 은유』, 우리시대 현대시조100인 선집 『망월동 백일홍』, 『빗방울 변주』,
『그 겨울, 얼음새꽃』, 시조선집 『물 위에 뜬 판화』 등 11권 / 수필집 『아픔으로 피
는 꽃』, 『차 한 잔의 명상』, 『화엄華嚴을 꿈꾸며』 / 제6회 한국시조문학상, 제10
회 성파시조문학상, 문학의 해 표창(문체부 장관), 경상남도 문화상(문학부문), 허
난설헌문학상(시조부문), 제6회 올해의 시조문학작품상, 제10회 경남시조문학상
제10회 월하시조문학상 수상, 현 한국시조문학관 관장

물 위에 뜬 판화

지은이 · 김정희
펴낸이 · 유재영
펴낸곳 · 동학사

1판 1쇄 · 2016년 1월 5일
출판등록 · 1987년 11월 27일 제10-149

주소 · 04083 서울 마포구 토정로53 (합정동)
전화 · 324-6130, 324-6131 | 팩스 · 324-6135
E-메일 | dhsbook@hanmail.net
홈페이지 | www.donghaksa.co.kr
www.green-home.co.kr

ⓒ 김정희, 2016

ISBN 978-89-7190-497-8 03810